彷徨

URotsuku

URotsuku

中原道夫句集

ふらんす堂

彷徨・目次

題簽／中原道夫
写真／野崎義人

彷徨

UROTSUKU

中原道夫海外詠集

『蕩児 Tōji』

一九八七（S62）

ニューヨーク　四句

税關で越後毒消見せもする

華氏にしてうなぎ昇りの一夜あり

摩天樓階下の鋪の稚鮎鮨

撒水車虹造らむと唸るなり

インド洋・モルジブ　三句

冬の蠅ラマの僧衣に蹤き來たる

極月の赤道なんぞ跨ぐかな

股引と新加坡《シンガポール》で別れけり

『アルデンテ Al denti』

一九九三（Ｈ５）

モロッコ・マラケシュ　二句

寒暮なる雙眼のみの見える衣装《ふく》

フナ廣場

冬日沒らせじ大道藝の盡くるまで

一九九四（Ｈ６）

アイスランド・レイキャビーク　四句

クロノスの矢を編棒に毛絲編む

冬支度とは薪ならぬ本貯へ
干魚《フィシュカル》の眼窩抜け落つ神の旅
繊月の閨ともならむ氷河《クレバス》裂は

『歴草 so fuki』

ウズベキスタン　四句

一九九九（H11）

これも瓜瓜蠅迷ふことなかれ

斷食月《ラマダン》の胃の腑に落ちてゆく星よ

天職は絨毯を織る手暗がり

羊胎兒《アストラカン》つひぞ歩まず黍嵐

セレクション俳人『中原道夫集』

一九九九（H11）

ウズベキスタン吟行　七句

血統のいづくに濁る柘榴かな

棉摘は月夜濕りを諾へる

青葡萄貴腐ともならで流離譚

尖塔《ミナレット》傾ぐにまかす秋昼寝
秋風を梳る櫛ひさぎし兒
地底には水漬く柩や秋の暮
東方見聞録錦繡のことに觸れ

『中原道夫俳句日記』

二〇〇〇（H12）

二月二十四日　ドイツへ向かふ途中シベリア上空

東征より戻る冬帝跨ぎたる

二月二十五日　デュッセルドルフにて句會

蝶孵《かへ》し酢漬《ザワークラウト》キャベツとやならむ

冬中《ボン》を魔笛に踊りたる樹相

リンツ

葡萄芽に息吹きかけてゐる酒神

二月二十六日　アテネ、シンタグマ廣場横のホテルグランド・ブルターニュ泊

神が神生みたまふ國春愁ふ

二月二十七日　アクロポリス、パルテノン神殿、蚤の市を散策

マラトンを疾うに出し筈春遅々と

二月二十八日　アテネ、朝市《ライキ》探訪

蛇穴を出て私淑せしソクラテス

二月二十九日　アテネ・リカベトスの丘

花過ぎのミモザ星座の混みあへる

アテネ／グランド・ブルターニュ

春暁に走らすメロスならぬ筆

アクロポリスの丘

神殿に日矢の參列春遅し

アテネ／日本食レストラン「風林火山」

異郷にて芽吹く箸あり割り難し

アクロポリス神殿

冷えまさる女人柱《カリアチュード》は天支へ

アテネ

速贄の少年の血か雛罌粟《アマポーラ》

パルテノン神殿　ソクラテスの妻クサンチッペ

水温むまで悪妻の名をほしいまま

スーニオン岬

春渚ヴィーナスの腕流れ着く

アクロポリスの丘　二句

石柱を遠まきにして青き踏む

松降りて遠征毛蟲十字軍

スーニオン岬

春没日もてなす岬《さき》として造る

寄生密林《パラサイトジャングル》「コスタリカ紀行　16句」

二〇〇〇（H12）

インディオの裔とおぼしき黍の餅《タマーレス》
貿易風通ふ砂糖黍も穂に
天敵はそこここにゐし茂りかな
食べ盡す一樹の枯れに樹懶《ナマケモノ》

鈴の音と紛ふ蛙を旅寝かな

フォグライト晝なほ深き霧を來し

椿象《カメムシ》の嫌はれ者の掃かれをる

鳥柱虹を支へとする奢り

擬態盡すことをいつより蛾の眠り

汗をして蒐めし蝶を値踏せる

カーニョネグロ自然保護區

翡翠に追ひつけぬ眼の殘りをり

川鵜まだ乾かぬ羽をたたみたる

小型鰐《カイマン》の眼蓋重し雨期明くる
蟻塚に狼藉の足久しかり
日曜日《ドミンゴ》は教會蜂鳥も憩ふべき
サルサでも踊るか派手目なる蛇は

『不覺 fukaku』

二〇〇〇（H12）

中國西安・敦煌　六句

熱風を生む歡迎の幕いや赤し

流砂千里夢まつろはぬ外寝かな

炎帝の座なるも低き狼煙臺

言ひ値すぐ崩る涼しさなりしかな

火酒を乾す媽《マア》麻《マア》馬《マア》罵《マ》と言ひつ

四聲

大雁塔雁渡るころ登らむか

『巴芹 parsley』

中國／雲南省大理・麗江　十句

二〇〇三（H15）

五元にて一緒に寫る春の風

豆の花皆ひとり子に手を焼きぬ

普洱茶《ポーレイ》に耳滌《すす》ぎをり蝶の晝

耕して天を降り來るところかな

洱海

春逝かぬ國呑舟の魚をるや

雲杉坪

嶺々斑雪酸素買ふとは思はざり

西藏《チベット》はすぐそこ雪嶺阻めども

莖立やあくがれ出づる都はも

バスガイド麗日よどみなくつかふ

碩《せき》學《がく》や田螺に詰まる肉尠し

西班牙紀行／コルドバ　二〇〇四（H16）

片蔭を選み洗禮鳩の糞

晝寝《シエスタ》に誘ふ發泡酒《カバ》となりにけり

蕃茄冷汁《ガスパチョ》に遠國の汗の引き初むる

メスキータ

列柱に神威芽吹くを待つとせむ

ユダヤ人街・花の小径

すれ違ふ茴香《アニス》の香なり汗しとど

アンダルシアを行く

雛罌粟《アマポーラ》布敎に閲ぎあふごとし

白き村同化風化の涼ありて

グラナダ・アルハンブラ宮殿

嫉妬《ジェラシー》の窓巣燕それとなく覗く

王朝や頸・噴水を切り揃へ

馬繋ぐ巴鼻《はび》灼けつかぬ蔭を得し

夏の水榮華は映りうるものか

廻廊や見果てぬ夏の夢園ひ

様式《オーダー》は接木のごとく花柘榴

夏至の夜の星の剝落アラベスク

この國の燕《ラ・ゴロンドリーナ》《國土回復運動（レコンキスタ）》空裏返す唄暗譜

夏の庭蔭《ヘネラリフェ庭園》設へて饗應《もてな》せり

薔薇垣や離宮を迷ふこと愉し

大聖堂《カテドラル》缺《げき》舌《ぜつ》響く涼しさよ

夏枯れやパエリャ齒應へなきを倦む

汗殺しつ踊る娘母の目の杳《えう》乎《こ》

フラメンコ／Los Tarantos

手拍子《パルマス》にいよよ傾く夏の月

聖五月塔突き刺さるまま百年

バルセロナ／サグラダ・ファミリア教會

ガウディ作カサ・バトリョ

溽暑にて波打つ家《カサ》となりしかど

ガウディの作に倣ふか蝸牛《カラコレス》

夏痩せや燻腿《ハモンセラーノ》較べ見て

ハモンセラーノ＝生ハム

韓國行／釜山チャガルチ市場

寒凪や螠《ゲブル》犇く地獄繪圖

螠＝ユムシ

卋界遺産・慶州佛國寺

恨五百年《ハノベンニョン》殘れる冬の紅葉かな

三島手に冬菊掠れたる意匠

三島手＝韓國陶磁器の一

皆連日沈菜《キムチ》を食すれば

白息に紅蓮の息の敗けてゐず

エンタイア個展の爲に巴里へ　八句

二〇〇五（H17）

空低き日や奢りて牡蠣の半打《ダース》

美術館パス《カルト・ミュゼ》蛇腹だたみに日短か

凍蝶や左岸日當る日なりけり

春信となすマリアンヌ斜め貼り

マリアンヌ＝フランスの普通切手の意匠の女神

ポン・ヌフ

早足に渉る凍て橋骨の音

寒夜とてシテ島は船遡上せる

ロワール河畔の町ブロワ

宿木は深く眠れる晝を病み

宿木はクリスマスボールとも呼ばれ、冬の季語としてゐる

サン・ドニ　ロワール　柴沼夫妻宅

アンディーブかくも苦惱の味したり

アンディーブ＝フランスの代表的冬野菜

土耳古《トルコ》紀行／イスタンブール・ガラタ橋

鯊の竿鰯の竿や時を釣る

對岸は亞細亞よ草の絮飛べる

トプカプ宮殿ハーレム

ももすもも寵愛の眉あらはにす

とらはれの身よ秋風誘ひ込む小窗

カッパドキア、奇巖の森

口ならば秋聲を吐く洞ばかり

カイマクル地下都市

迫害の徒や蟻の労汲めるなり

オールドバザール

迷宮を出でて年よる秋の蠅

茶《チャイ》飲んでゆかれよ秋雨上がるまで

ボスポラス海峡

改宗か秋の海月のくつがへる

玖馬《キューバ》紀行／ハバナ

革命ののちの夜暗し十字星

コロニアル式とは

舊式に掻き混ぜてをる扇風機

ヘミングウェー好みのダイキリのレシピ

パパ・ダブル夏空暮るること知らず

フィンカ・ビヒア／ヘミングウェーの家

露の卋ぞ徽の眼鏡を殘したる

朝凪や大魚逃せし舟戻る

『老人と海』の舞臺コヒマル

墨西哥《メキシコ》紀行／レオン空港着。時差十五時間

二〇〇六（H18）

短日のまだ帳尻の合はぬ空

ポインセチアはメキシコ原産

電壓の異る猩猩木《ポインセチア》點く

折しも十一月二十日は

覇王樹《サボテン》の犇く革命記念の日

革命の父・ミーゲル・イダルゴ神父

冬天や處刑の頸はあの邊り

中央高原を南へ

天敵は鷲ガラガラ蛇も考へる

メキシコ・シティ

半月に旅情を包むトルティージャ

トウモロコシの粉で焼いた薄いパン

激辛唐辛子《ハバネロ》に舌禍廣がることもなし

ティオティワカン遺跡

太陽《ひ》の贄となるべく高きへと登る

「死者の道」灼くるにまかす外はなし

日盛りの旅人に見せて臙脂蟲《コチニール》

ユカタン半島メリダ

旅人木夏爐冬扇の扇なす

夏帽の値段脱帽の値切り方

世界遺産チチェン・イツァー

いふなれば巨石の暦灼くるなり

聖泉《セノーテ》に沈む金銀星の骸《から》

古代球技場

死を賭せば球技汗より血に替はる

月の夜のまだあたたかき贄を置く

チャックモール（生贄の臺）

王道をゆけよ毒蛇潜むゆゑ

ヅビル・チャルトゥン遺跡

威嚇する蝶にたたみし儘の網

テリトリーを守る蝶は翅を鳴らしゐて

蜀黍のころの恥毛と領ける

神話「ポポル・ブフ」／トウモロコシより人間は生まれたと信ずる人達

メリダ／オーラン病院は野口英世が黄熱病の研究をした處

名聲も異聞も蚊にて媒介す

バジャドリ／マヤの末裔の家

孤は裔を育むかたちハンモック

卋界有數のリゾート、カンクンはマヤ語で「蛇の巣」

蛇の巣《カンクン》に寄らで故國に歸らばや

『緑廊 pergola』

二〇〇七（H19）

ニューワーク空港 baggage claim

風鈴が荷の中で鳴る割れるなよ

サンダー・ストーム

出迎への二州を跨ぐ虹濃かり

對岸は湖沼を廣げ夏霞

リバティー島

花菩提樹《リンデン》に芳香を放つ自由あり

自由の女神

腕弛き女神におはす灼くるはや

グラウンド・ゼロ

魂いづこ塔再建の跡地・夏

災禍とは氷菓溶け出すごとくなり

通りひとつ隔てたセント・ポール教會

花ぎぼし災禍に口を噤むかな

エンパイア・ステートビル

けふ夏至の八十餘階鳩の寄る

高所には高所の風よ汗の引く

チャイナタウン

電髪の語死なず夕涼客を待つ

此は茘枝《れいし》彼は龍眼《りゅうがん》と聲高に

外寝ならぬ外飯に汗祖國《くに》はるか

街騒を以て短夜みじかくす

ニューヨーク近代美術館（ＭＯＭＡ）

再會の繪や白扇と近付ける

晝寝《ルソー》覺密林深き處にて
睡蓮《モネ》や旅人に辛き時差の刻
星月《ゴッホ》夜糸杉もまた﨟たけて
昔日《ロバート・ラウシェンバーグ》の霍乱貼り合《コラージュ》はせる時間

ジャスパー・ジョーンズ

星條旗永遠に夏空知らぬまま

アンディ・ウォーホル

スープ罐ずらりどれ乞ふ夏の卓

シャガール

わが村は馬の嘶き晝寢村

キリコ

苦惱の種夜の片陰の裡に蒔く

草刈機阜《つかさ》《セントラル・パーク》を均すごと廻る

夏草に狼藉の跡野宿人

朝涼の手やベーグルを下げ帰る

出勤に緑《ニューヨーカーは》蔭といふ匿《くけ》路《ぢ》あり

繍線菊《しもつけ》やベンチにマダム専用席

夏樫の裏に隠れて野栗鼠の尾

W72St.ダコタ・ハウス　ジョン・レノンの住んでゐた處

門番も夏制服となりてをり

上田五千石の「万緑や死は一弾を以て足る」は
何處かジョン・レノンの死を思はせる

凶弾の音緑蔭に棲み舊し

W79St.アメリカ自然史博物館

遊泳のままに頸長龍《プレシオサウルス》の骨

切符一枚シニア割引夏落葉

幻視畫《ジオラマ》のおよそ露の卋見せくれし

Asian people/JAPAN コーナー

佛壇に佛飯もなし桃もなし

E86St.ノイエ・ギャラリー　エゴン・シーレ

夏痩せの己を描くほかはなし

クリムト

耽美とは綺羅埋め盡す涼氣にて

ゴッホ

人默らせる麥秋の景村の景

夏帽の鍔《ブリム》觸れさう自畫像に

125 St.ハーレム

眼前のおほいなる臀雲の峰

彌《ミ》撒《サ》はねて髪を結ひあふ冷房裡

ラジカセの音最大に香水賣

年に一度のゲイ・プライド・パレードに出會す

性差《ジェンダー》はややこしきもの蝸牛《スネイル》も

黒揚羽雌蕊に觸るることをせず

手は繋ぎ合ふもの汗は拭き合ふもの

異性愛《ストレート》ここにて亡ぶ日雷

セントラル驛レキシントン通り出口マーケット
中國で蟠桃と呼ばれる桃こちらでは donut peach の名

蟠《ばん》桃《たう》やここに武后の唇あらば

編笠茸《モリーユ》の呪縛の網を解きたけれ

微小蕃茄《マイクロトマト》リリパット産ならず

離婚夫婦の子供への償ひ

葱鬚根揃へ週末のみの父《ウィークエンドファーザー》

摩天楼の海溝にゐて明易し

『天鼠tenso』

二〇〇九（H21）

ローマ・テルミニ驛裏ホテルアンブラ・パレス

貨車音の長きに覺めて夜の長き

擴大鏡のぞく冬ざれ顔ひとつ

夜霧濃し彼はミネルヴァの梟《けう》聲《せい》か

フィレンツェ

歪みはつかに塔いかづちを躱すたび

メディチ家の稱の由來は薬（メディチーナ）製造業より

丸薬《ピッコロ》の成分《なかみ》マリアの木の葉髪

天井畫は仰臥して描く爲、眼に漆喰の入りて失明する者ありと聞く

漆喰畫《フレスコ》に盲るも祿ク蝶凍つる

修復に修復かさぬ冬の薔薇

冬夕焼不首尾鐘の音まちまちに

ウフィッツィ美術館

最後尾《ラ・フィーネ》は白息だまり未だ開かぬ

ボッティチェリの部屋は早朝にて誰もをらず

湯氣立てや再び「春」を私す

ラオコーン

眠らざる蛇隆隆と苛める

彫琢の嬖玲瓏と冬日置く

ミケランジェロの丘

河眠る落葉を急かすこともなし

春楡とならむがための枯れ激し

ダビデ像

包茎をみな仰ぐなり霧を來て

本日のおすすめ《ピアット・デル・ジョルノ》冬河見遣る席
伊太利松茸《フンギ・ポルチーニ》のフンギ儚き意と知れる
聖菓《パネトーネ》は店頭に紐十字
鱲子《ボッタルガ》さう吝嗇臭く切るでない

その金賞《オロ》は慥かに旨し新酒なれど

あかがり《ヴェネツィア》や遠國に足差し入れし

異郷には異形の樹相松手入

榠櫨《ネスポラ》の墜ちて羅馬帝國凹む

ありもせぬ天蓋さぐる冬鷗
迷宮は出口入口なく冷えて
ゴンドラは柩凍三日月を模してより
『ヴェニスに死す』とは季を違へ
櫂の先屍に觸るる寒さとも

石と化す美童や冬の蜃氣樓
寒疣に無縁の天使ばかりなる
マドリガル天蓋に神重き冬
浮寝鳥ヴェニスに暮るる異形われ

暖をとる術なかりけり舟頭に

降誕《ナターレ》の日まで軒借る泰山木《マグノリア》

四大陸しかなかりし頃の冬の蠅

マルコポーロの踐言とも

斯くなるはEST《東へ》！EST《東へ》！といふ新酒

冬濤に沈下のすすむ夜の餐

「マグレブ幻影　50句詠」

二〇一四（H26）

春はあけぼの商隊更にひむかしへ

星隕ちて星のいまはのきは照らす

安息の地などはあらぬ流星雨
砂越えて砂のあらしのきのふけふ
大揺れに駱駝をたたむ春の星
かぎろひの中に反芻倦みもせで

ひと瘤にまたがり春の逝く方へ

駱駝しか食べないといふ棘々の草

駱駝草轉生に根は要らぬなり

沙の瀬に旅嚢降ろさむ蜃氣樓

一握の草に熱砂の旅枕

炎天に隠るもならぬ時の背も

水なくば砂州は生れぬ檉柳《タマリスク》

フェズ／ブー・ジュルード門

高き門つばめ異聞を衢へ來し

明易し神託なくば寝てしまふ

血の《スーク》飛んで花咲く壁や春の蠅

のどかなる斷頭の山羊嗤ひ貌

蛇穴を出でアラビア文字絡む

迫害の苛ならば蝶と化す手練

黑歌鳥黑衣の下の綺羅盡し
水莨なづきに出入りする霞
乞《こつ》丐《がい》のほどこしに似て春落葉
手洟かむ上手を春の暗がりに

見卋物《マラケシュ》となり毒氣抜かれたる蛇

讀誦《コーラン》は手寫しうるさき蠅を追ひ

手に取れば倣古粗悪の品灼けて

永き日や革上履《バブーシュ》片方《かたへ》縫ひあがる

価格はあつて無き如し、値切る
西日中鏢一文の攻防よ

尖塔の影噴水に浸るなり

にんげんは驢馬のお荷物日の盛り

アブサンの原料となる苦艾《シバ》はミント茶の中へ
流離譚はや萎えて來し苦艾

花ミモザ砂塵を奮ひたたす黄か

火炎木木蔭苅込むことをせず
アフリカン・チューリップといふ名の木

唐柿《いちじく》も乾ぶをもつて杳を渡る

それ以後の神學校《マドラサ》を守るつばくらめ

涼しむや閉闢の扉に錠降ろす

鳥影も灼くるを慮《おもんぱか》る時間帯《ころ》

春光や夕餉どの鶏縊らるる

はるうれひ異郷に目蓋塞げども

ビターオレンジ（橙）を植ゑる習慣

橙の落ちて中庭《リヤド》を點すなり

日沒を待つかに晝寝むさぼれり

砂眠るころほひ遊牧民《ノマド》の焚火かな

オート・アトラス山脈ティシカ峠

天近く斑雪に羊放ちゐて

雪解してみくまり選びやうもなし

烈風は岩をも削り月の座《くら》

涸川《ワジ》くだる假想の水も春の音

かたつむり沃野の裾を曳きにけり

寂寥の味か朝鮮薊《アルティショー》のこす

春宵に持薬かぞへて明日は去ぬ

砂漠化の波打ち寄せて明易し

元首ムハンマド六卋

王位とふ高みに春を惜しむかな

「モロッコ紀行」

二〇一四（H26）

混沌は海霧晴れて着く街にこそ

首都ラバトからフェズまで500km

霧の中ジュラバ目敏し羊追ふ

ジュラバ＝フード付きの踝までの上衣

放牧す春蕪氣の向く方へ置き

春蕪＝春の雑草

殘星《ほし》に知る方角《メッカ》春曉額づいて
アッザーンに搔き消されたる囀よ
剝落の壁春愁の被寫體に
春興の嬌聲《こゑ》城壁の内よりす

井戸端を噴水に替へよく喋る

王宮《フェズ》は鎖されしまま春闌くる

春光はまづ神學校《マドラサ》の漆喰壁《かべ》を射る

スーク（市場）

春はあけぼの屠殺直後を運び來る

水木しげるはジュラバを知つてゐたのでは

はるのみづ獸血低きへと誘ふ
春寒しジュラバはねずみ男風
そこのけと驢馬の通れる聲や春
禮拜は端折りてならぬ猫の戀

男みな無聊遅日を茶で濁す

迷路より迷路春光曲りかね

棗椰子《デーツ》の實垂れて廢墟を覗かする

つつ抜けの中庭《リヤド》の聲やレモンの黄

あたたかし雫し餌狙ふ鳥降下

一般家庭ムハンマドさん宅

春昼や妻にも甘きミント茶《ティ》

太鼓《デルブーガ》叩くや額に汗をして

デルブーガ＝魚の皮を張った太鼓

遊牧民《ノマド》彈く弦も朧となりしかば

春怨に瞑想に苦艾《シバ》ひと抓み

日に五度ビ禮拝《いのり》に絨毯《マット》すり切れむ

沙磧の中の緑島／ダデス谿谷

オアシスに雪解の水も憩ひをり

トドラ峡谷

砂ぼこり加へ絨毯鬻ぐかな

カスバ街道

花扁桃《アーモンド》異教徒隠れゐはせぬか

アーモンドの花は桃・櫻に良く似て

煙霞の癖《キ》いや深くせり花霞

褶曲の億年の貌雪斑嶺に

あちこちの山膚にスローガンを見る

神《アッラー》・祖國・王刻まれいまだ山眠る

涸川《ワジ》に橋雪解の水さへも來ぬ

ワルザザード

荒星を椰子の葉圍ひ朝寝せる

砂あらし砂難といふ語あらまほし

ローズ・ド・サハラ

灼熱の記憶化石となり咲きぬ

紅塵を知らぬ泉の涸るるなし

ありがたう《シュクラーン》葉付の蜜柑掌に乗せて

逶迤《もごよ》かに道は下界へ春うらら

テイシカ峠

ことなきを得て眠る蛇踏まず濟む

マラケシュ／ジャマエル・フナ廣場

蛇使ひ日銭數へて早仕舞

すり寄るは物賣る子供夜も冷えて

名物の水賣など撮らうものなら

盗撮にすつとんで來るサングラス

砂漠化の波押し寄せぬ春刻刻

シャモリエ（駱駝使ひ）は

春暁や首級の星を標とし

砂漠《サハラ》とは死の海熱波寄す汀

春暁や砂漠の舟を連ねゆく

砂漠の舟＝駱駝のこと

アイト・ベン・ハッドゥの中の民家

小さき窓とて春星を誘ひ入れ

日干しなる煉瓦炎暑の匂ひ失せ
家族なる山羊屠る日やかぎろへる
街望むならばここよと囀れる
心付の相場
異邦人《エトランジェ》われ春の袖より五ディラハム

バヒア宮

献《たてまつ》る種種露の古のひかり
正妻の間の絢爛を鶫《ロビン》啼く
側室に通じる廊の涼しかり
美聲なら黑歌鳥よ春の閨

五分の一（奴隷の意）といふ蔑む言葉ありて

春愁の出自《ルーツ》奴隷の裔ゆゑの

蠅を養ふ馬の糞そここに

急ぐ春でもなからう通してくだされ《スンマ・ヘンナ》

ベルベル語で「通してください」はスンマ・ヘンナ、まるで關西辯

『一夜劇 Ichiya-Geki』

二〇一五（H27）

九月十七日オーストラリア・ゴールドコースト
セダークリーク・ワイナリーのチャペルにて麻衣擧式。折しも春雷の騒き　六句

葡萄芽のほつほつもなし結婚す

芳春やバージンロード歩の合はず

言ひ澱む同意《イエス・アイ・ドゥ》の言葉春の雷

春荒に家鴨祝福歩きかな

噴水は歓喜の丈を雨の中

春萌やその先も道あれかしと

所用ありてテロの翌日パリに赴く

わざはひの餞ならむ霜の花

十一月十五日パリ・シャルル・ド・ゴール空港着

服喪かな全土凍てつく燈を落とし

前夜思へば

無差別の無は神のみぞ知る霜夜

祝盃の破片血染めの床凍つる

血を血で洗ふ絨毯の吸へる血は

牡蠣殻の残る晩餐最中なり

昇天の手續きもなく自爆・冬

死とともに敵意砕ける冬の薔薇

大天使《ミカエル》のうたた寝凍星の刺さる音

殺戮に霜月も神不在なる
ふたたびの銃聲寒夜貫通す
血は花と散る隠れ家《アジト》に暖取りし跡
悪夢なら醒めよ冬の蛾の刎死

結露せり窓織月に固く閉め

冬の朝明けぬ苛立ちニュース繰る

新聞・ＴＶでは自爆テロのことを〝KAMIKAZE〟と日本の特攻隊の名を使用

神在にKAMIKAZEの吹く狂氣かな

悪の化神か、ＩＳはマルドロール

蟻塚を思へよ叩き潰す至難

警戒體制、黒人兵の割合多し

戛戛と兵士日焼けにあらざる膚

禿頭にグリーンベレーに冬の雨

冱てつのるはずなる自動小銃の指

エッフェル塔など観光施設再開

鳩の群岐けゆく迷彩《バトル》・外套《コート》隊

シメールの目の屆かざり冬霞

シメール＝ノートルダム寺院の高所からパリを見守る傳説の怪獸神

凍てつく思ひそここに獻花臺

マロニエは迷彩の膚葉を落とす

主犯にも新年圍むはずの家族

非常時といへどモンマルトル界隈は

アコーディオン彈き無月かりたて今晩《ボン・ソワ》は

散彈の彈丸《たま》抜く狩獵《ジビエ》講釋を

とぐろ巻く血の腸詰《ブーダン・ノワール》聖夜待つ

ムーラン・ルージュ附近クリシー通り

ポン引きは懲りず言ひ寄る白息と

着膨れの私娼なら間に合つてゐる

折しも、十一月十九日はボジョレー・ヌーボーの解禁日

リカールを所望新酒《ヌーボー》のヌーも出ぬ

リカール＝アニス風味の食前酒

セーヌ川

滔滔と冬の蛇行を媚態とも

船上生活《ペニシエ》羨しや船底の冷えさへも

「贅刺　16句」

二〇一五（H27）

山眠る胸《ノルマンディー》に手を乗せるよな傾斜《なぞへ》

宿木に密語の育つ静夜《サイレントナイト》

片頬を焙る暖爐や酔回る

林檎にも身を焼く逸話《はなし》タルト・タタン

リンゴのタルト

乾酪《チーズ》臭嗅ぎわけ聖夜にはどれを

十一月十七日セーヌ句會／シテ島アルシュヴェシェ橋は
卋界中から戀人が鍵を掛けに集まる名所

ゆりかもめ戀の成就に鍵とやら

エリザベス二卋花市場

春待てぬ球根の芽や宥め賣る

どの人もはらわた熱く冬に入る

マロニエの膚のささくれ寒さ急

三日月《クロワッサン》を殘月として朝な朝な

人參に非はなし甘く煮崩れて

ふたつみついつむで止めよ冬の苺

噴水の弧の凍つるまで漂ふか

ねもころに掌を焙りても直ぐ悴け

白息も一丁前のリーゼント

ケ・ブランリー美術館（アフリカ・アジア原始美術收藏）

裸から隠すを以て文明と

「妄執の櫂（インド二〇一六・冬）36句」

二〇一六（H28）

バラナシ——ベナレスとも表記されるが

旒《はたあし》の先水漬くなり冬の河

沐浴階段ダシャーシュワメード・ガート

底《そこ》翳《ひ》にて杳を見据ゑたる霜夜かな

こぶ牛に寒夜嚙《にれか》むもののなく
躄《ゐざ》る者畸形の者も焚火《ひ》へと寄る
凍死餓死拂暁またぎ切れざるか
焚火消ゆ昨夜はいくたり身罷るか

冬靄を脱がぬ日輪にほひ來る

眼光に威の無き祈禱師《サドゥ》射る曙光

去痰薬とも、キンマの葉に包んだパーン Paan を嚙んでゐるサドゥ

口ごもる呪文もろとも唾を吐く

眉間にはビンディーの赤冬深む

ビンディー＝ヒンドゥー教徒の額に塗る點・印

野良犬に野良牛あぶり出す濃霧

下を見て歩け物乞ひの手牛の糞

冬ざれの岸より離れ漕がずゐる

あかときの櫂に絡まる死者の嗚咽《こゑ》

沖つ舟みづとり死骸へと群るる
渴仰のふしくれの指冬日洩る
荼毘を待つ屍衣に降りたる霜の華
寒水《ガンガー》に一度沈めて不帰の客

マニカルニカー・ガート　三昧場と呼ばれる火葬場
隠亡の眼窩ふかぶか冬景色

妻たりとも女性は荼毘に立ち會ふこと許されず
愁殺の聲の届かぬ浮寝鳥

ダリットと呼ばれる不可觸民はここに働く
煩惱の犬蹴散らして榾運ぶ

貧しき者等
せめてもの火柱奢り星河へと

燃え盛る婆羅門の衣の絢爛よ

頬の洄川《ワジ》ふちどるは煤冬の霓《にじ》

かぞへ日の亂離骨灰を目の邊り

畢竟は灰・木灰の白あたたかき

水に乗る冬榮かぐはしき獻花

冬榮＝冬に咲く花、ここでは萬壽菊（マリーゴールド）

執着の此岸離《か》れなば卽ク芥

業《カルマ》流せと鰾《ふえ》なき雜魚賣り來

鰾なき魚＝二度と浮き上がらない魚の意

沐浴の瘦軀冬日をしたたらす

低唱やうたかた打《た》擲《た》く洗濯夫

ガンガーに返す一滴腰布《ルンギー》しぼる

聖水を持ち帰る地の冬がすみ

喜捨に因る炊き出しを煮る大鍋が街角に出て

炊き出しに竝ぶ毛布の穴から手

凍つる手の紙皿摑むこぼすなよ

終生は乞食とのみ冬の蠅

「再び印度（二〇一八年冬）21句」

二〇一八（H30）

アネハヅルはモンゴルから

鳥渡るヒンドゥー・クシの峨塀越え

避寒地に舞ひ降りすぐに啄める
逞しく子は飢ゑ冬の土埃
無爲の徒の眠りこけゐる寒暄に
腰巻布《ドーティ》より癤《ねぶと》の足とあかぎれと

施《ほどこし》は冷たき韻のするルピー

一ルピー＝一・七圓

伽羅を嗅ぎ白檀を聞き年つまる

ガンガーへ焼かるる人へ初日の出

マニカルニカー・ガート

食ふ爲に切斷の足冷えも來ぬ

待ち受けはガネーシャ春の奇利を得し

ガネーシャは頭が象の商業の神

パジャマの語源となつたパジャミーを一・五時間で仕立ててくれる

縫ひ初めの睡衣《パジャミー》時間《とき》と闘ひつ

冬麗や義歯を並べて路上歯科

路上耳垢取といふ珍商賣

古辭御慶耳垢取りも珍ならず

穴惑ひ《コブラ使ひ》させて貫へぬ笛の音に
鹿野苑ゆき交ふ僧のみな跣
褌《ニゴラ》外さば冬野への施肥らしく
汚物とは冬も蠅來る迅さもて

供花まみれ男根神《リンガ》に冬日黏《ねば》るかな

柘榴賣り見果ぬ榮華見せるかに

釋迦頭のどの佛弟子を遺はさう

釋迦頭＝チェリモヤに似た果實

草木國土悉皆成佛も印度では

馬草成佛牛糞を焚く寒さ

あとがき

拙句に「どのくらゐ血は旅をせり懐手」『巴芹』といふのがある。人間一人の血管を總合すると、赤道を二周半（約一〇萬㎞）と言はれてゐるから、この長さの血管を毎回携へて旅をしたことになる。約五十年間で地球を五周くらゐ旅をしたのではないかと思ふ。遙か彼方の未踏の地に降り立つ氣分ほど、心躍るものはない。しかし昨今はタラップを降りて直接地面を踏むことも、餘程空港施設の整つてゐない國へ行かない限り少なくなつた。あの踏み出しの一歩が愉快なのに、残念なことだ。

さて、今回の『彷徨』UROTSUKUは私の第十三句集となる。最初で最後となるであらう海外詠のみの一冊、一緒に旅をした氣分になつて戴ければ嬉しい。

平成三十年十月十日「銀化」創刊二十周年を迎へて

中原道夫

中原道夫（なかはら　みちお）

一九五一年　新潟縣西蒲原郡岩室村に生まる
七四年　多麾美術大學卒業
八二年　「沖」へ投句を始める
八四年　第十一回「沖」新人賞受賞、同人となる
九〇年　第一句集『蕩兒』（富士見書房）により第十三回俳人協會新人賞受賞
九四年　第二句集『顱頂』（角川書店）により第三十三回俳人協會賞受賞
九六年　第三句集『アルデンテ』（ふらんす堂）
九八年　第四句集『銀化』（花神社）／十月より「銀化」主宰
二〇〇〇年　第五句集『歴草』（角川書店）
〇一年　第六句集『中原道夫俳句日記』（ふらんす堂）
〇三年　第七句集『不覺』（角川書店）
〇七年　第八句集『巴芹』（ふらんす堂）
〇八年　セレクション俳人シリーズ『中原道夫集』（邑書林）
〇九年　第九句集『綠廊《パーゴラ》』（角川學藝出版）／和英對譯句集『蝶意』（邑書林）
一一年　第十句集『天鼠』（沖積舍）／百句他解シリーズ２『比奈夫百句を読む。』
後藤比奈夫×中原道夫（ふらんす堂）
一三年　第十一句集『百卉』（角川文化戝團）／『百句百話』（ふらんす堂）
一六年　第十二句集『一夜劇』（ふらんす堂）
現在　「新潟日報」俳句欄選者／日本文藝家協會會員／俳人協會名誉會員
住所　〒二六三-〇〇五一　千葉市稲毛區園生町一〇二二-一一三

句集　彷徨（UROTSUKU）

發　行　二〇一九年二月二二日　初版發行

著　者　中原道夫

發行人　山岡喜美子

發　行　ふらんす堂　〒182-0002東京都調布市仙川町一―一五―三八―2F

電話〇三―三三二六―九〇六一　Fax〇三―三三二六―六九一九

ホームページ http://furansudo.com　E-mail info@furansudo.com

装　釘　和　兎

印刷所　日本ハイコム株式會社

製本所　株式會社松岳社

定　價　本體二八〇〇圓＋税

※亂丁・落丁本はお取り換え致します。

ISBN978-4-7814-1142-2 C0092 ¥2800E